Comentario...
Mary Pope Osbor... de la...
"La casa del árbol".

Nunca antes había leído tanto hasta que conocí los libros de La casa del árbol, *y desde entonces me empezó a gustar la lectura. Cada día leo más y más... también escribo y seguiré leyendo.* —Seth L.

¡¡Leí uno de tus libros y no pude dejarlo hasta el final!! Adoro tus historias. —Liza F.

Me divierto mucho con tus libros de La casa del árbol. *Son mis favoritos... Hoy tuve que escribir acerca de tres personas con las que me gustaría cenar. Los tres que elegí son Thomas Jefferson, Nicolas Cage y, adivina a quién, Mary Pope Osborne.* —Will B.

He leído todos los libros que has escrito, hasta el final. Los adoro tanto que creo que me volvería loca si dejaras de escribir. —Stephanie Z.

Una vez que comienzo a leer uno de tus libros no lo suelto hasta el final. Tus historias me hacen sentir que realmente viajo con Annie y Jack. Aprendo tantas cosas interesantes. ¡Tus libros son los mejores! —Eliza D.

Los padres y los maestros también adoran los libros de "La casa del árbol".

Soy madre de cuatro niños que se divierten a pleno con las aventuras de Annie y Jack. Todos esperamos ansiosamente cada nueva publicación. Tus libros son excelentes regalos de Navidad o de cumpleaños para amigos y primos, todos los agradecen mucho, los niños y sus padres también. —C. Anders

Hemos escuchado a muchos alumnos hablar de amigos especiales, en el patio de la escuela. Luego de averiguar de qué se trataba nos enteramos de que esos amigos no eran nada más ni nada menos que Annie y Jack. Nuestros alumnos se han convertido en fervientes fanáticos de tus libros. Como padres, es muy gratificante ver a nuestros hijos tan dedicados a la lectura. —M. Knepper y P. Contessa

Muy pronto, nuestra biblioteca contará con una novedad, algo con lo que hemos soñado por mucho tiempo: una casa del árbol de verdad y un bello mural del roble como acompañamiento…. En las clases hay muchos expertos en La casa del árbol. *Es maravilloso ver el empeño y el entusiasmo que todos ponen a la hora de leer los libros.* —R. Locke

Debido a que estamos realizando una unidad acerca del sistema solar, se me ocurrió elegir "Media Noche en la Luna" (El libro N° 8 de la colección). Para mi deleite este material resultó ser el más exitoso de todo el año. —M. Mishkin

Muchas gracias por proporcionarnos una colección para niños tan maravillosa, entretenida y llena de conocimiento. —L. Shlansky

Mi hija adora que le lea las aventuras de La casa del arbol. *Hasta me he enterado que suele dormir con uno de los libros de esta colección debajo de su almohada.* —L. Carpenter

¡Que maravillosa colección has creado! Hasta me ha sido útil para desarrollar un programa de lectura para mis estudiantes más avanzados. Y los resultados han sido increíbles. —L. Carpenter

No es fácil dar con un material con tanto conocimiento y de tan amena lectura. Muchas gracias por hacerlo tan bien. —A. Doolittle

Queridos lectores:

Hace un tiempo, escribí un libro biográfico sobre George Washington. Mientras reunía material de investigación para mi obra, comencé a sentir una profunda admiración por él. Y desde entonces, he tenido deseos de volver a "visitarlo". Felizmente, Guerra Revolucionaria en miércoles me dio la oportunidad de hacerlo.

Sal Murdocca, el extraordinario artista de La casa del árbol, y yo pensamos que sería divertido tomar como modelo para la cubierta de nuestro libro, una de las pinturas más famosas de Estados Unidos: Washington cruzando el río Delaware, realizada por Emanuel Leutze, en Alemania, en el año 1851. Hoy, esta enorme pintura se encuentra en el Museo Metropolitano de Arte, en la ciudad de Nueva York.

Aún así, nos gustaría señalar varios errores hallados en la obra de Leutze y, por ende, en la cubierta de nuestro libro. Primero, un general jamás navegaría de pie por aguas tan agitadas.

Segundo, la barca de la pintura es mucho más pequeña que la que Washington usó. Y tercero, la primera bandera estadounidense con trece estrellas, representando las trece colonias, fue diseñada un tiempo después de que Washington cruzara el río Delaware.

De todos modos, como ambas adoramos esta magnífica obra pensamos que sería divertido incluir a Annie y a Jack en la misma para la cubierta de nuestro libro.

Espero que disfruten su travesía de la mano de Annie, Jack y George Washington. Y, no lo olviden, ¡no se paren en la barca!

Les desea lo mejor,

Mary Pope Osborne

Guerra Revolucionaria en miércoles

Por Mary Pope Osborne

Ilustrado por Sal Murdocca
Traducido por Marcela Brovelli

LECTORUM
PUBLICATIONS, INC.

Para la familia Foley:
John, Susie, Jack y Elliot

ÍNDICE

Prólogo   1

1. ¡Miércoles!   3

2. ¿Es de día o de noche?   9

3. Llegó la hora   16

4. Comandante en Jefe   25

5. La carta   32

6. Cruzando el río Delaware   42

7. ¡Espías!   48

8. Estos son los momentos…   55

9. ¡Rayos!   60

10. Un lugar sereno   65

Prólogo

Un día de verano, en el bosque de Frog Creek, Pensilvania, apareció una misteriosa casa de madera en la copa de un árbol.

Jack, un niño de ocho años y Annie, su hermana, de siete, subieron a la pequeña casa. Cuando entraron se encontraron con un montón de libros.

Muy pronto, Annie y Jack descubrieron que la casa era mágica. En ella podían viajar a cualquier lugar. Sólo tenían que señalar el lugar en uno de los libros y pedir el deseo de llegar hasta allí.

Con el tiempo, Annie y Jack descubren que la casa del árbol pertenece a Morgana le Fay, una bibliotecaria encantada de Camelot, el antiguo reino del Rey Arturo. Morgana viaja a través del tiempo y el espacio en busca de libros.

En los libros #5 al 8 de *La casa del árbol* Annie y Jack ayudan a Morgana a liberarse de un hechizo. En los libros #9 al 12, resuelven cuatro antiguos acertijos y se convierten en Maestros Bibliotecarios.

En los libros #13 al 16 Annie y Jack rescatan cuatro historias antiguas antes de que se perdieran para siempre.

En los libros #17 al 20 Annie y Jack liberan de un hechizo a un pequeño y misterioso perro.

En los libros #21 al 24 Annie y Jack se encuentran con un nuevo desafío. Deben encontrar cuatro escritos especiales para que Morgana pueda salvar al reino de Camelot. Y ahora, están a punto de partir en busca del segundo escrito...

1
¡Miércoles!

—¡Despierta! —susurró Annie.

Jack abrió los ojos y miró el reloj. Eran las seis de la mañana.

—¡Vamos, levántate! —murmuró Annie, junto a la puerta de la habitación de Jack, lista para salir.

—¿Ahora? —preguntó él.

—¡Sí! ¡Hoy es miércoles! ¡Tenemos que ir a la casa del árbol! —agregó Annie.

—¡Oh, cielos, miércoles! —dijo Jack, despabilándose de golpe.

—Tenemos que ayudar a Morgana a salvar a Camelot —dijo Annie.

—Sí. Ya lo sé —agregó Jack, levantándose de golpe.

—Te espero en la puerta —dijo Annie.

Jack se puso la camiseta y los pantalones vaqueros rápidamente, y metió el lápiz y el cuaderno en la mochila.

Luego, bajó por las escaleras y salió a la puerta sin hacer ruido.

Annie esperaba bajo la luz tenue del amanecer.

—¿Traes todo? —susurró ella.

—¡Sí! —respondió Jack.

Atravesaron corriendo el jardín, la serena calle de la casa, y se internaron en el bosque de Frog Creek.

Muy pronto, encontraron la casa del árbol y subieron a ésta por la escalera de soga.

Allí la luz era débil pero Annie y Jack vieron la nota de Morgana, la misma que habían encontrado el domingo. Jack la leyó en voz alta:

Queridos Annie y Jack:

Camelot está en problemas. Para poner el reino a salvo, les pido por favor que busquen estos cuatro escritos para mi biblioteca:

Algo para seguir
Algo para enviar
Algo para aprender
Algo para prestar

 Muchas gracias,
 Morgana

Annie agarró un papel del suelo. Era la lista que había preparado Clara Barton, una reconocida enfermera que ambos conocieron en su viaje a la Guerra Civil.

—El domingo encontramos el primer escrito —dijo Annie—. *"Algo para seguir"*.

—Sí —agregó el hermano de Annie—, y ahora tenemos que encontrar el segundo, "*Algo para enviar*".

Luego, Jack agarró un libro del suelo. En la tapa se veían varios soldados en la orilla nevada de un río.

El título decía: *Guerra Revolucionaria*.

Jack frunció el entrecejo.

—¡Uy, no! —exclamó Annie.

—¡Otra guerra! —exclamó Jack, resoplando. Odiaba el sufrimiento que había visto en la Guerra Civil. Pero, *tenían* que ayudar a Morgana a salvar a Camelot.

—¿Todavía tienes ganas de ir? —preguntó Annie.

—Tenemos que hacerlo —contestó Jack. Señaló la tapa del libro y, en voz alta, exclamó: ¡Deseamos ir a este lugar!

El viento comenzó a soplar.

La casa del árbol empezó a dar vueltas.

Más y más rápido cada vez.

Después, todo quedó en silencio.

Un silencio absoluto.

2
¿Es de día o de noche?

Jack se estremeció. El viento soplaba con fuerza.

—Hace frío —exclamó. Podía ver su aliento caliente en el aire congelado.

—Ajústate bien la bufanda —dijo Annie.

Jack se miró el pecho. Alrededor del cuello, tenía una larga bufanda.

Además, llevaba puesto un pantalón de lana con botones a la altura de las rodillas, una chaqueta, y un sombrero de tres puntas. En los pies, tenía unos extraños zapatos con hebillas. Y en vez de una mochila, llevaba un bolso de cuero.

Annie tenía puesto un abrigo largo encima de un vestido que le llegaba a los pies.

Jack volvió a ajustarse la bufanda. Luego, se asomó a la ventana con su hermana.

La casa del árbol había aterrizado en un pequeño bosque cercano a un río congelado. El cielo estaba gris y cargado de espesas nubes.

—Ya casi es de día… ¿o de noche? No puedo darme cuenta de la hora —dijo Annie.

—Espero que esté por amanecer —agregó Jack.

—Quisiera saber dónde encontraremos *algo para enviar* —dijo Annie.

Jack se encogió de hombros.

—Primero tenemos que encontrar la Guerra Revolucionaria —agregó.

Abrió el libro y se puso a investigar. Luego, bajo la escasa luz, comenzó a leer:

> **Hace más de 200 años, Estados Unidos estaba constituido por 13 colonias regidas por Gran Bretaña. Desde el año 1775 hasta 1782 los patriotas norteamericanos lucharon por independizarse del dominio Inglés. Esta guerra se llamó Guerra Revolucionaria.**

Jack sacó el cuaderno del bolso y anotó:

Patriotas norteamericanos pelean por independizarse de Gran Bretaña.

Dio vuelta a la página y había un dibujo en el que se veían soldados vestidos con uniformes de color rojo. De inmediato, se puso a leer:

> Durante la Guerra Revolucionaria, los soldados británicos usaban uniformes de color rojo. Por esto se los llamaba "casacas rojas".

Jack anotó:

Británicos = casacas rojas

—¡Uy, nieve! —exclamó Annie.

Jack levantó la vista. Annie había sacado la mano por la ventana. Dentro de la casa del árbol ya había algunos copos de nieve.

—No está nevando mucho todavía —dijo Jack—. Pero será mejor que nos apuremos para encontrar el escrito para Morgana.

—Bueno, entonces deja de leer y salgamos —dijo Annie. Se abotonó el abrigo y bajó por la escalera.

—Está bien. De acuerdo —dijo Jack. Guardó el libro de la guerra y el cuaderno en la mochila, y bajó detrás de su hermana.

Las ráfagas de nieve eran más intensas. El cielo se veía cada vez más oscuro.

—Creo que en vez de amanecer está anocheciendo —dijo Jack.

—Sí —exclamó Annie, mirando a su alrededor—. ¡Eh, Jack, mira! ¡Allí hay gente!

Annie señaló río arriba. A través de la niebla, divisó la fogata de un campamento y varios hombres reunidos. Todos llevaban fusiles.

—Tal vez ellos puedan ayudarnos —dijo Annie. Pero cuando ella quiso irse, su hermano la agarró de un brazo.

—¡Espera! Creo que son soldados —dijo Jack—. Tienen fusiles. ¿Recuerdas los de la Guerra Civil? ¿Esas armas largas que llevaban los soldados?

—¡Oh, sí! —contestó Annie.

—Estos podrían ser "casacas rojas" —dijo Jack—. Acerquémosnos con cuidado, así podremos ver mejor los uniformes.

—¡Vamos, rápido! —dijo Annie—. Antes de que la oscuridad no nos deje ver.

3

Llegó la hora

Annie se levantó un poco el vestido y corrió hacia un árbol cercano al río. Jack se sujetó el sombrero y corrió detrás de su hermana. Los dos se pusieron a espiar detrás del árbol. Las ráfagas de nieve hacían remolinos bajo el crepúsculo.

—¿Son casacas rojas? —preguntó Annie.

—No puedo ver desde acá —respondió Jack.

Con el parpadeo del fuego, parecía que los hombres vestían pantalones y chaquetas rotos. Algunos tenían los pies cubiertos con tela.

—Vamos —dijo Annie.

Y corrió hacia otro árbol más cercano al río.

Jack la siguió.

—Creo que no debemos acercarnos más —susurró.

—Pero todavía no se ve nada desde aquí —protestó Annie.

Ella corrió un poco más y se escondió detrás de un pequeño arbusto.

—¡No te acerques más! —murmuró Jack.

Pero Annie siguió avanzando. Luego, se acurrucó detrás de una roca, a sólo diez pies de la fogata.

"¡Oh, cielos, ahora sí que está muy cerca!" pensó Jack.

Respiró hondo, y corrió hacia la roca.

Cuando Annie vio a su hermano, sonrió entusiasmada.

—Esto es como jugar al escondite —susurró.

—Esto no es un juego, Annie —dijo Jack, en voz muy baja—. Es la *guerra*. No seas inconsciente.

—¡*Soy* consciente, Jack! —afirmó Annie, levantando la voz.

—¡SSShh! —exclamó él, en vano.

Uno de los hombres se puso de pie y miró a su alrededor atentamente.

—¿Qué sucede, Capitán? —preguntó otro hombre.

—Oí algo raro —respondió el capitán, alzando su fusil.

Jack se quedó sin aliento.

—¿Quién anda ahí? —gritó el capitán.

Jack miró a Annie. Ella se estremeció.

—¡Nos atraparon! —susurró.

—¿Quién está ahí? —gritó nuevamente el capitán.

—¡Sólo somos dos niños! —respondió Annie, en voz baja.

—¡Salgan de ahí inmediatamente! —exclamó el capitán.

Annie y Jack salieron de su escondite. Ambos con las manos en alto.

—¡Venimos en son de paz! —dijo Annie.

El capitán avanzó hacia ellos, bajo la sombra del crepúsculo.

—¿Y ustedes quiénes son? —preguntó el capitán.

—¡*Somos* Annie y Jack! —respondió Annie.

—¿Se puede saber por qué nos espiaban?

—volvió a preguntar el capitán.

—No estábamos espiando —respondió Jack—. Sólo queríamos saber si ustedes eran patriotas o casacas rojas.

—¿Y ustedes qué prefieren? —preguntó el capitán, entre las sombras.

—¡Patriotas! —contestó Jack.

—¡Somos patriotas! —respondió el capitán.

—¡Oh, gracias a Dios! —agregó Annie.

El capitán sonrió.

—¿De dónde vienen? —preguntó, suavemente.

—Vinimos a visitar a unos familiares, viven cerca de aquí —comentó Jack.

—Somos de Frog Creek, Pensilvania —dijeron Annie y Jack a la vez.

—¡Pero qué asombroso! —exclamó el capitán—. Mi granja queda en Frog Creek. ¿Dónde está la de ustedes?

Jack no sabía qué responder.

—Queda cerca del bosque de Frog Creek —contestó Annie.

—Todas las granjas quedan cerca de un bosque —agregó el capitán, riéndose a carcajadas.

Justo en ese momento, alguien llamó desde el río:

—¡Llegó la hora, Capitán!

El capitán se volvió hacia los demás hombres que estaban cerca de la fogota.

—¡Llegó la hora! —repitió.

Rápidamente, los soldados apagaron el fuego. Y se pusieron de pie con los fusiles sobre el hombro.

—¿Llegó la hora de qué, capitán? —preguntó Annie.

—Llegó la hora de encontrarnos con nuestro Comandante en Jefe —respondió el capitán—. Vuelvan con su familia ahora mismo, si no, sus padres se van a preocupar.

—¡Sí, señor! —exclamó Jack.

—¡Me agradó verlos, siempre es bueno ver a niños! —agregó el capitán—.

Yo estaba por escribirles una carta a mi hijo y a mi hija. No sabía qué decirles.

—¡Dígales que los extraña! —dijo Annie.

El capitán sonrió.

—En verdad, los extraño —agregó, con tono suave.

Luego se dio vuelta y se dirigió hacia la orilla del río. Sus hombres avanzaban detrás de él. Muy pronto, todos desaparecieron detrás de la bruma.

Jack miró a su alrededor. El viento soplaba más fuerte. La nieve se acumulaba sobre el suelo.

—¿Y ahora qué hacemos? —preguntó.

Lo que Jack quería era regresar a su casa.

Sin los soldados, la orilla del río parecía solitaria y tenebrosa.

—Todavía tenemos que encontrar *algo para enviar* —dijo Annie.

—Ya lo sé —respondió Jack.

—¿Sigamos al capitán y a sus hombres? —sugirió Annie—. Ellos seguro nos llevarán a algún lugar.

Jack dudaba de la idea de su hermana, pero no se le ocurría otra.

—De acuerdo, pero tratemos de que esta vez no nos descubran —dijo.

Ambos se adentraron en el crepúsculo congelado, siguiendo las pisadas de los patriotas norteamericanos sobre la nieve.

4
Comandante en Jefe

Annie y Jack corrieron por la orilla del río. El viento silbaba sobre el agua fría.

Los copos de nieve siseaban en la oscuridad. Luego, Jack oyó otros sonidos diferentes. Eran voces, muchas de ellas.

De pronto, Annie y Jack vieron a cientos y cientos de soldados, todos reunidos cerca del oscuro río.

Muchos llevaban linternas de aceite; su luz llenaba de sombras misteriosas el crepúsculo nevado.

—El capitán y sus hombres deben de estar cerca —dijo Jack, mirando a su alrededor.

Amarradas cerca del río, había grandes barcas, como gigantes canoas. Muchos hombres conducían caballos hacia el río y depositaban cañones dentro de las barcas.

—¿Qué hacen todos esos hombres? —preguntó Annie.

Jack agarró el libro de la *Guerra Revolucionaria* y se puso a leer en voz baja:

El miércoles 25 de diciembre de 1776...

—¿25 de diciembre? ¡Es el día de Navidad! —dijo Annie—. ¡Hoy es Navidad!

—¡Genial! —exclamó Jack. Y se puso a leer nuevamente:

El miércoles 25 de diciembre de 1776, los patriotas perdían la guerra. Muchos soldados, heridos y exhaustos, estaban a punto de rendirse. Pero algo inesperado cambiaría el curso de la guerra.

Alrededor de 2.400 patriotas norteame-
ricanos se reunieron en la orilla oeste
del río Delaware, en Pensilvania, y se
prepararon para cruzar el río en una
misión secreta.

—¿Una misión *secreta*? ¡Oh, cielos! —exclamó Jack. Y abrió el bolso para sacar el cuaderno.

—¡Soldados, atención! ¡El Comandante en Jefe! —gritó uno de los soldados.

Annie y Jack vieron a un hombre vestido con una capa negra y un sombrero de tres puntas, montado sobre un caballo blanco.

La figura del Comandante en Jefe sobresalía por encima de la tropa. Su capa se agitaba con en el viento.

El hombre avanzaba sereno y solemne sobre el lomo de su caballo.

A pesar de la distancia, a Jack le resultaba familiar el rostro del Comandante en Jefe, *muy* familiar. Pero no entendía porqué.

—¡A todos los aguarda una misión peligrosa! —el hombre gritó por encima del viento—. Deben tener coraje. Nunca olviden las palabras de Thomas Paine.

El Comandante en Jefe desplegó una hoja de papel y leyó en voz alta:

"Estos son los momentos que ponen a prueba las almas de los hombres. El soldado del verano y el patriota del sol, en esta crisis, evitará servir a su país. Pero aquél que resista merecerá el amor y el agradecimiento de hombres y mujeres".

—¡Oh, esto es genial! —susurró Annie.

Aquellas poderosas palabras, enaltecieron el espíritu de Jack.

"Cuanto más difícil es el conflicto, más glorioso es el triunfo", el Comandante en Jefe continuó leyendo: "Lo que se obtiene a un bajo costo, se valora poco. Sólo lo que en realidad cuesta es lo que da a cada cosa su valor".

Todos se quedaron en silencio, como pensando en las palabras leídas por aquel hombre. Luego, los soldados comenzaron a vitorear y aplaudir. Ya no parecían cansados. Todos parecían estar listos para la misión.

El Comandante en Jefe saludó a sus hombres.

Luego, condujo su caballo hacia el río.

Mientras el caballo avanzaba frente a los soldados, Jack pudo ver más de cerca al hombre de la enorme capa.

De pronto, se quedó inmóvil.

¡Por supuesto!, pensó. Ya había visto ese rostro en algún lugar: ¡en los billetes de un dólar!

Jack agarró a su hermana del brazo.

—¡Ya sé quién es el Comandante en Jefe! —exclamó—. ¡Es *George Washington*!

5

La carta

—¿George Washington? ¿Hablas en serio? —preguntó Annie.

—¡Sí! ¡Claro, estoy casi seguro de que es él! —agregó Jack.

—¿Y adónde habrá ido? —dijo Annie—. ¡Quiero verlo! ¡Vayamos a buscarlo!

Annie empezó a caminar hacia el río.

—¡Espera! ¡No te alejes mucho! —dijo Jack—. Tengo que asegurarme de que es él.

Abrió el libro de la *Guerra Revolucionaria* y encontró un dibujo en el que se veían varias embarcaciones cerca de un río. Sin perder tiempo, se puso a leer:

Cuando el general George Washington reunió a su tropa a orillas del río Delaware, tenía el cargo de Comandante en Jefe del ejército norteamericano. El general estuvo al frente de su ejército durante seis años, hasta que Estados Unidos pasó a ser una nación libre e independiente. En el año 1789, George Washington se convirtió en el primer presidente electo de Estados Unidos.

—¡Oh, cielos! ¡*Es él*! —exclamó Jack.

Agarró el cuaderno escribió:

El general George Washington ayudó a Estados Unidos a convertirse en un país independiente.

—¡Eh, tú! ¿Qué escribes? —alguien le preguntó a Jack.

Jack alzó la mirada.

Un soldado de barba lo señalaba. Jack metió el cuaderno y el libro de la *Guerra Revolucionaria* dentro del bolso.

—Nada, señor —dijo. Y comenzó a alejarse lentamente.

El hombre lo llamó en voz alta pero Jack corrió río abajo, hasta que desapareció en medio de un grupo de soldados.

Luego, cuando miró hacia atrás, Jack sintió alivio. El hombre de barba ya no estaba.

—¡Detente, jovencito! —alguien alumbró el rostro de Jack con una linterna.

Jack se quedó sin habla.

Era el capitán.

—Te dije que regresaras a tu casa, Jack —dijo el capitán, con tono severo—. ¿Dónde está tu hermana?

Jack miró a su alrededor. *¿Dónde estaba* Annie?

—No lo sé —dijo.

—Ve a buscarla enseguida y regresen a casa —ordenó el capitán—. Nuestra misión secreta es muy importante. Los niños pueden complicar las cosas.

—¡Sí, señor! —respondió Jack.

El capitán se puso en marcha. Pero, de repente, se detuvo.

—¿Tú podrías hacerme un favor? —preguntó.

—¡Por supuesto que sí! —respondió Jack.

El capitán sacó un sobre.

—Esto es para mis hijos —dijo—. Es una carta de despedida. ¿Puedes llevarla a Frog Creek?

—Sí, señor —contestó Jack.

—Sólo envíala si fracasamos en nuestra misión y mueren muchos soldados patriotas —explicó el capitán.

—Sí, señor —afirmó Jack.

El capitán le entregó la carta a Jack.

—Copié las palabras del General para mis

hijos —dijo—. Si me sucede algo espero que esas palabras les den valor.

El capitán se dio vuelta y desapareció en medio de los soldados.

—¡Buena suerte, Capitán! —dijo Jack en voz alta, con la esperanza de que los hijos de aquel hombre nunca llegaran a ver la carta.

Jack apretó el sobre contra su pecho.

—¡*Enviar!* —murmuró.

Esta carta era el escrito que buscaban, *¡algo para enviar!* ¡Annie y él podarían irse a casa! ¡La misión había llegado a su fin!

Rápidamente, Jack guardó la carta del capitán en el bolso.

Ahora, sólo tenía que buscar a su hermana.

Mientras miraba a su alrededor, de pronto, algo lo hizo estremecer.

—¿Dónde estará Annie? —susurró.

Jack caminó entre los soldados buscando a su hermana.

El viento soplaba con más fuerza. La nieve caía con más intensidad.

De repente, Jack sintió pánico.

—¡Annieeee! —llamó en voz alta.

Y continuó buscándola entre los soldados, llamándola sin cesar. Ninguno de los hombres notó la presencia de Jack, todos estaban demasiado ocupados.

Finalmente, Jack llegó a la orilla del río.

La niebla era espesa pero pudo ver a varios soldados esperando para subir a las barcas. Algunos de ellos ya estaban abordo.

—¡Jaaack! —se oyó, desde lejos.

Jack vio la figura de una niña pequeña, en la parte trasera de la barca más grande.

Y salió corriendo hacia la barca. Al llegar a la orilla del río, se detuvo.

—¿Qué haces ahí, Annie? —gritó Jack.

—¡Es la embarcación de George Washington! —dijo ella—. ¡Es nuestra gran oportunidad para estar un poco con él! ¡Tal vez sea la única!

Jack miró el otro extremo de la barca. A través de la niebla y de la nieve, divisó al Comandante en Jefe, hablándole a su tripulación.

—No podemos ir con él —dijo Jack—. Se trata de una misión secreta. Además, ya tenemos "algo para enviar".

—¿Qué? ¿Cómo? —preguntó Annie.

—¡Tengo una carta! ¡El capitán me la dio para que la lleve a Frog Creek! —dijo Jack.

—Sólo debemos enviarla si algo malo le sucede al capitán. ¡Ya podemos irnos a casa!

—¿Podemos irnos un poco más tarde? —preguntó Annie.

Jack subió a la barca para bajar a su hermana.

—¡No, Annie, tenemos que irnos ahora! —dijo.

De pronto, la tripulación se acercó a la parte trasera de la barca, cerca de Annie y Jack. Con sus remos, los hombres empezaron a alejar la barca de la costa.

—¡Estamos zarpando! —exclamó Annie.

—¡No! ¡Tenemos que bajarnos! —les dijo Jack a los hombres.

Pero estos, luchando con los remos para romper el hielo, no lo escuchaban.

—Disculpen —dijo Jack, en voz alta.

La embarcación se detuvo de golpe y Jack casi pierde el equilibrio.

Habían chocado contra un bloque de hielo. Las pesadas olas rompían a los costados de la embarcación.

—¡Tenemos que volver! —dijo Jack.

—¡Ya es tarde! —agregó Annie.

¡Navegaban por el río Delaware!

6
Cruzando el río Delaware

La enorme barca se mecía en el agua. Gigantes bloques de hielo chocaban contra ésta.

—¡*Muchas* gracias, hermana! —susurró Jack, temblando bajo la nieve—. Nosotros no debemos estar aquí. Ésta es una misión secreta.

—Está bien —agregó Annie—. Tal vez podamos ayudar a George Washington.

—¿Te has vuelto loca? Deberíamos estar de regreso a casa —dijo Jack.

La barca chocó contra un enorme bloque de hielo. Luego, saltó sobre el agua y se sumergió casi por completo por un instante.

Jack se agarró con todas sus fuerzas al costado de la barca, con la esperanza de que no se volcara. "*¿Quién podría sobrevivir en aguas tan frías?*, se preguntó. Era como hundirse en el Titanic.

La tripulación luchó ferozmente por mantener la barca a flote. Los hombres siguieron remando, dejando atrás gigantescos bloques de hielo, hasta que llegaron a una parte más despejada del río.

La luz de las linternas de aceite brillaba sobre el agua. Atrás, los trozos de hielo parecían preciosas piedras flotantes.

Jack miró hacia atrás. Más barcas avanzaban con soldados, caballos y cañones abordo.

—¿Hacia dónde vamos exactamente? —murmuró Annie.

Jack se estremeció. Agarró su bolso y sacó el libro de la *Guerra Revolucionaria*.

Bajo la débil luz del farol, comenzó a ojear

el libro. Hasta que encontró un dibujo con la figura de George Washington cruzando el río Delaware.

Le mostró el dibujo a su hermana y, juntos, empezaron a leer silenciosamente lo que decía debajo:

Después de cruzar el río Delaware, George Washington condujo a sus hombres hacia un campamento británico, a unas 9 millas de donde se encontraban. En el campamento había miles de hessianos, soldados alemanes contratados por el imperio Británico, para pelear para la Corona. Una noche tormentosa de Navidad, los patriotas norteamericanos atacaron a los hessianos. Estos últimos jamás pensaron que serían sorprendidos en esa fecha y con semejante clima. Fue una gran victoria para los patriotas. Capturaron a casi 1.000 soldados alemanes y apenas hubo bajas en el ejército de George Washington.

—¡Genial! ¡No vamos a tener que enviar la carta del capitán! —exclamó Annie, entusiasmada.

¡SSSShh! —exclamó Jack.

Pero George Washington se dio vuelta y miró a Annie y a Jack.

"¡Oh, no! ¡Nos atraparon otra vez!", pensó Jack.

Cerró los ojos, como si esto lo fuera a hacer invisible.

—Ahí viene —dijo Annie.

Jack levantó la vista.

George Washington se acercaba más y más.

En un instante, la gigante sombra del Comandante en Jefe se enarboló por encima de las cabezas de Annie y de Jack.

—¿Niños? —preguntó con tono bajo, pero enojado.

—¡Perdón! —chilló Jack.

—¡Feliz Navidad! —dijo Annie.

Pero George Washington no respondió a ese saludo.

7

¡Espías!

—¿Pero qué hacen aquí? —preguntó George Washington. El Comandante en Jefe estaba furioso.

—Ha sido un error —dijo Jack—. Nosotros no queríamos venir.

George Washington miró a los remadores.

—¿Quién dejó que estos niños se subieran? —preguntó con tono severo.

Los hombres miraron a Annie y a Jack sorprendidos.

—No es culpa de ellos —agregó Annie—. Estaban muy ocupados, no podían vernos.

Justo en ese instante, la barca chocó contra

un trozo de hielo y éste se partió.

Los remadores siguieron avanzando hasta que, de pronto, se toparon con la ribera.

Dos soldados saltaron al agua y comenzaron a arrastrar la barca hacia la orilla.

George Washington miró a Annie y a Jack.

—Esta embarcación regresará para cargar más hombres —dijo—. Cuando pisemos tierra de nuevo, ustedes se bajarán y se quedarán allí.

—Sí, señor —respondió Jack. Se sentía muy avergonzado.

Luego, George Washington les dio órdenes a los remadores.

—Asegúrense de que estos niños no suban a ninguna otra embarcación cuando ustedes regresen —dijo.

El general pisó la orilla. El viento soplaba con más fuerza. La nieve caía con más intensidad. Mientras la tripulación descargaba la barca, Annie y Jack permanecían callados.

Jack se sentía miserable. Él y Annie, sin querer, le habían causado un problema a George Washington justo cuando el general luchaba porque Estados Unidos se convirtiera en una nación independiente.

Desesperado, Jack deseó estar en casa con su hermana.

Los dos se quedaron mirando las embarcaciones que llegaban a la costa. Mientras los soldados bajaban las armas y los caballos, empezó a caer una lluvia congelada, además de la nieve y el aguanieve.

Jack oyó que George Washington llamaba a uno de sus hombres.

—¡La tormenta está empeorando, Mayor! —dijo el general.

—¡Sí, señor! —respondió el mayor.

—Creo que vamos a tener una ventisca —dijo Washington.

—¡Sí, señor! Puede que fracasemos en

nuestra misión —dijo el mayor—. ¿No cree que debemos posponerla?

—¡No, no lo hagan! —susurró Jack—. ¡Ustedes van a ganar!

—¿Cree que debemos regresar, señor? —preguntó el mayor.

—¡No, no! —exclamó Annie.

Y se puso de pie de golpe. La embarcación se balanceó.

—¡No debe regresar Señor George Washington! —gritó Annie—. ¡Siga adelante, señor! ¡Debe atacar a los hessianos!

—¡SShh! —Jack quiso callar a su hermana—. Se trata de una misión secreta, Annie.

—¿Cómo conoce ella nuestros planes, Mayor? —preguntó George Washington.

—¡Escúchenos, señor! —dijo Annie—. ¡Ustedes van a ganar! —Ella se alejó de su hermano y de un salto salió de la embarcación.

—¡Annie! —Jack saltó hacia la orilla y subió

por la ladera, empinada y cubierta de nieve.

—¡Vaya con sus hombres, General! —insistió Annie—. ¡Los hessianos estarán desprevenidos! ¡Ellos piensan que nadie atacaría en una noche como esta!

—¿Y ustedes cómo saben todo esto? —preguntó el mayor, con la voz más fuerte que un trueno—. ¿Cómo saben lo que los hessianos piensan y hacen?

—Yo-yo... —por primera vez, Annie se quedó sin palabras.

—¡Se lo imagina! —agregó Jack.

En ese momento, el soldado de barba que le había gritado a Jack dio un paso hacia adelante.

—¡Vi a este niño antes! —dijo—. Anotaba algo en un cuaderno.

—¡No, yo sólo estaba…! —Ahora era Jack quien no sabía qué decir.

—¡Atrápenlos! —gritó el mayor—. ¡Son espías!

8

Estos son los momentos...

Jack agarró la mano de su hermana.

—¡Nosotros *no* somos espías! —dijo.

Y se dio vuelta rápidamente para mirar a George Washington.

—General Washington, ¿recuerda las pa--labras que les dijo a sus hombres? —preguntó Jack—. ¡Ahora usted mismo debería recordar-las, señor!

—¿De qué hablas? —preguntó George Washington.

Jack agarró su bolso y sacó la carta del capitán.

Debajo del farol, Jack leyó las palabras que el capitán había copiado para sus hijos:

"Estos son los momentos que ponen a prueba las almas de los hombres..." "Pero aquél que resista merecerá el amor y el agradecimiento de hombres y mujeres..." "Cuanto más difícil es el conflicto, más glorioso es el triunfo".

Jack miró a George Washington.

—Aunque todo le parezca imposible deberá continuar, señor —dijo—. Cuanto más difíciles sean las cosas, más grande será el triunfo, ¿no es así? Esto es lo que usted les leyó a sus hombres. Debe seguir adelante por *ellos*.

—¡Sí! Y también debe seguir adelante por *nosotros* —dijo Annie—. Por el *futuro* de los niños de Estados Unidos, señor.

La nevisca silbaba sin cesar. George Washington se quedó mirando a Annie y a Jack.

Finalmente, le puso una mano a cada uno en los hombros.

—Ignoro quienes son ustedes —dijo—. No sé cómo saben lo que saben. Pero déjenme decirles que les creo. Por ustedes y por los futuros niños de esta nación, *seguiremos adelante.*

—¡Síííí! —gritó Annie.

—¡Sí! —exclamó Jack, con voz suave. Suspiró aliviado y guardó la carta del capitán.

—Ahora, regresen a la barca —dijo George Washington—. Déjennos el combate a nosotros. A mis hombres y a mí.

Jack se sintió muy agradecido con George Washington y toda su tropa. Todos iban a arriesgar la vida por los niños de Estados Unidos, los del presente y los del futuro. Casi no podía hablar.

—Gracias, señor —dijo Annie.

—Gracias a ambos por recordarme mis propios consejos —dijo George Washington. Luego, llamó a los remadores que esperaban en la embarcación—. ¡Cuiden mucho a estos dos niños! —agregó.

George Washington montó su caballo. Luego, miró a Annie y a Jack.

—¡Feliz Navidad! —dijo.

Luego, el Comandante en Jefe se perdió cabalgando en la noche tormentosa.

9

¡Rayos!

—¡Todos abordo! —gritó uno de los remadores.

Annie y Jack atravesaron la orilla del río y subieron a la enorme barca rápidamente.

La tripulación empezó a remar. La embarcación volvió a surcar el agua helada y agitada del río Delaware.

Jack se congelaba bajo la nieve. Pero eso no le importaba. Pensaba en la ayuda que Annie y él le habían dado a George Washington. Gracias a la participación de ambos, la historia seguía su curso normal.

Jack se sentía enormemente feliz.

Cuando llegaron a la costa, él y Annie bajaron de la barca.

—¡Gracias! —gritó Jack, mirando a la tripulación.

A pesar del viento y de la nieve Annie y Jack reanudaron la marcha. Así, corrieron río abajo por la ribera congelada.

De pronto, un trueno retumbó en el cielo de la noche nevada.

Y un rayo zigzagueó sobre el bosque.

—¿Cómo haremos para encontrar la casa del árbol? —chilló Annie.

—¡No lo sé! —contestó Jack—. ¡Pero no te preocupes! ¡La encontraremos!

El encuentro con George Washington, le había dado mucha confianza en sí mismo, especialmente tras recibir un *agradecimiento* del propio ¡George Washington!

Annie y Jack corrieron bajo la lluvia, la nieve y, a veces, bajo el aguanieve.

De repente, mientras avanzaban por la orilla del río, un rayo iluminó el cielo. ¡En ese instante, Jack vio la casa del árbol!

La pequeña casa estaba en la copa de un enorme árbol cubierto de nieve.

—¡Allá arriba, hacia la izquierda! —gritó.

Annie y Jack corrieron hacia el borde del bosque.

En la oscuridad, Jack miró hacia arriba, en busca de la casa del árbol.

Otro rayo volvió a encender el bosque. Jack vio la escalera de soga meciéndose en el viento.

Sin perder tiempo, la agarró.

—¡Annie! —llamó, en voz alta.

—¡Aquí estoy! —contestó ella.

—¡Vamos! —dijo Jack.

Los dos subieron por la escalera, que se balanceaba de un lado al otro. Rápidamente, se metieron en la casa del árbol. Ambos estaban empapados y cubiertos de nieve.

Annie agarró el libro de Pensilvania.

¡Deseamos ir a este lugar! —gritó.

El viento empezó a soplar más fuerte que nunca.

La casa del árbol comenzó a girar.

Más y más fuerte cada vez.

Después, todo quedó en silencio.

Un silencio absoluto.

10
Un lugar sereno

La luz del amanecer inundó la casa del árbol.

Los pájaros cantaban en todo el bosque.

La brisa veraniega era agradable. Annie y Jack tenían puesta su ropa, seca y cómoda.

—¡Ay, qué bueno es estar en casa otra vez! —dijo Jack.

—¡Síí! —exclamó Annie—. De nuevo en este lugar tan sereno.

Jack sacó la carta del capitán de la mochila. Ésta iba dirigida a:

Molly and Ben Sanders
Granja Apple Tree
Frog Creek, Pensilvania

—Molly y Ben vivieron cerca de aquí, hace más de doscientos años —dijo Jack.

Annie acarició la carta suavemente.

"Regresaré sano y salvo muy pronto. Hijos, los extraño", Annie leyó en voz baja, como tratando de dar aliento a través del tiempo.

Con cuidado, Jack colocó el escrito de la Guerra Revolucionaria junto al de la Guerra Civil.

—¡Mira, Jack! —Annie levantó una nota del piso que decía: *"Regresen el martes"*.

—Es otro mensaje de Morgana —dijo.

Jack sonrió y se colgó la mochila sobre la espalda.

—¡Nos veremos el martes, casa del árbol! —dijo. Se agarró de la escalera de soga y empezó a bajar. Annie lo seguía un poco más arriba.

Bajo la luz del amanecer, los dos atravesaron corriendo el bosque de Frog Creek. Luego, avanzaron rápidamente calle abajo hacia la casa.

Subieron al porche y se quedaron descansando contra la baranda, contemplando el ꟻo del alba.

De pronto, Jack recordó el soplido del viento sobre el río Delaware. El silbido de la nieve y el chapoteo de las olas.

Recordó a George Washington leyéndoles a sus hombres.

—"Cuanto más difícil es el conflicto, más glorioso es el triunfo" —susurró Jack.

—¡Es verdad! *Fue* un conflicto difícil, y ahora me siento gloriosa. ¿Y tú? —dijo Annie.

Jack se echó a reír.

—Sí, por supuesto —agregó.

En silencio, Annie y Jack entraron en la casa, un lugar sereno de verdad.

LAS TRECE COLONIAS

Hace muchos años, Estados Unidos estaba constituido por trece colonias pequeñas. Muchos de los primeros pobladores, o colonos, consideraban a Inglaterra su "madre patria", estaban muy orgullosos de su origen y sentían una gran lealtad por el Rey.

Sin embargo, con el tiempo, en muchos colonos nació el deseo de vivir en una nación independiente, no querían ser gobernados por un país tan lejano. Estos colonos fueron conocidos como *patriotas*.

GUERRA REVOLUCIONARIA Y GEORGE WASHINGTON

En la primavera de 1775, estalló la guerra entre patriotas y británicos, en Lexington y Concord, Massachusetts.

Aquel verano, un grupo de patriotas

norteamericanos se reunió en la ciudad de Filadelfia para organizar un ejército y así combatir a los británicos. George Washington fue nombrado Comandante en Jefe. Luego de que los patriotas lograron su independencia, tras ocho años de lucha, Washington renunció como Comandante en Jefe, y regresó a la vida de granjero en su plantación, en Mount Vernon, Virginia.

Seis años después, en 1789, George Washington, se convirtió en el primer presidente electo de Estados Unidos.

THOMAS PAINE

A comienzos de la Guerra Revolucionaria, algunos colonos no querían independizarse de Inglaterra. A estos pobladores se les conoció con el nombre de *Tories*.

En enero de 1776, un escritor británi̇ llamado Thomas Paine escribió un pode ensayo, titulado *Sentido Común*, que objetaba la obediencia al Rey. Inspirados por su mensaje, muchos *Tories* se plegaron a la causa de los patriotas.

Casi un año más tarde, en diciembre de 1776, el ejército de George Washington estaba a punto de perder la guerra, muchos de sus soldados querían rendirse. Este hecho motivó a Thomas Paine a escribir un número de ensayos conocidos como *La crisis*.

George Washington hizo que su ejército escuchara la lectura de este escrito, en voz alta, a orillas del río Delaware.

Las palabras de Thomas Paine enardecieron a un ejército desfalleciente y desanimado, a cruzar el río Delaware y conseguir la victoria definitiva.

WILL OSBORNE

Información acerca de la autora

Mary Pope Osborne es una reconocida escritora, galardonada por sus más de cincuenta libros para niños. Recientemente, cumplió dos períodos como presidenta de *Authors Guild*, la organización de escritores más importante de Estados Unidos. Actualmente, vive en la ciudad de Nueva York con Will, su esposo y con su perro Bailey, un Norfolk terrier. También, tiene una cabaña en Pensilvania.

¿Quieres saber adónde puedes viajar en la casa del árbol?

La casa del árbol #1
Dinosaurios al atardecer

Annie y Jack descubren una casa en un árbol
y al entrar, viajan a la época de los dinosaurios.

La casa del árbol #2
El caballero del alba

Annie y Jack viajan a la época de
los caballeros medievales y exploran
un castillo con un pasadizo secreto.

La casa del árbol #3
Una momia al amanecer

Annie y Jack viajan al antiguo Egipto y se
pierden dentro de una pirámide al tratar de
ayudar al fantasma de una reina.

La casa del árbol #4
Piratas después del mediodía

Annie y Jack viajan al pasado y se
encuentran con un grupo de piratas
muy hostiles que buscan un
tesoro enterrado.

La casa del árbol #5
La noche de los ninjas

Jack y Annie viajan al antiguo Japón y se
encuentran con un maestro ninja que los ayudará
a escapar de los temibles samuráis.

La casa del árbol #6
Una tarde en el Amazonas

Annie y Jack viajan al bosque tropical de
la cuenca del río Amazonas y allí deben
enfrentarse a las hormigas soldado y a los
murciélagos vampiro.

La casa del árbol #7
Un tigre dientes de sable en el ocaso
Jack y Annie viajan a la Era Glacial y se encuentran con los hombres de las cavernas y con un temible tigre de afilados dientes.

La casa del árbol #8
Medianoche en la Luna
Annie y Jack viajan a la Luna y se encuentran con un extraño ser espacial que los ayuda a salvar a Morgana de un hechizo.

La casa del árbol #9
Delfines al amanecer

Annie y Jack llegan a un arrecife de coral donde
encuentran un pequeño submarino que los llevará
a las profundidades del océano: el hogar de los
tiburones y los delfines.

La casa del árbol #10
Atardecer en el pueblo fantasma

Annie y Jack viajan al salvaje Oeste, donde deben
enfrentarse con ladrones de caballos, se hacen
amigos de un vaquero y reciben la ayuda de
un fantasma solitario.

La casa del árbol #11
Leones a la hora del almuerzo

Annie y Jack viajan a las planicies africanas.
Allí ayudan a los animales a cruzar un río torrencial
y van de "picnic" con un guerrero masai.

La casa del árbol #12
Osos polares después de la medianoche

Annie y Jack viajan al Ártico, donde reciben
ayuda de un cazador de focas, juegan con osos polares
recién nacidos y quedan atrapados sobre una
delgada capa de hielo.

La casa del árbol #13
Vacaciones al pie de un volcán

Jack y Annie llegan a la ciudad de Pompeya, en la época de los romanos, el mismo día en que el volcán Vesuvio entra en erupción.

La casa del árbol #14
El día del Rey Dragón

Annie y Jack viajan a la antigua China, donde se enfrentan a un emperador que quema libros.

La casa del árbol #15
Barcos vikingos al amanecer

Annie y Jack visitan un monasterio de la Irlanda
medieval el día en que los monjes sufren
un ataque vikingo.

La casa del árbol #16
La hora de los Juegos Olímpicos

Annie y Jack son transportados en el tiempo
a la época de los antiguos griegos y de las
primeras Olimpiadas.

La casa del árbol #17
Esta noche en el Titanic

Annie y Jack viajan a la cubierta del *Titanic*
y allí ayudan a dos niños a salvarse del naufragio.

La casa del árbol #18
Búfalos antes del desayuno

Annie y Jack viajan a las Grandes Llanuras,
donde conocen a un niño de la tribu lakota y juntos
tratan de detener una estampida de búfalos.